KB010856

내 반쪽이 아니라
전부가 되어줄래
"사랑해"

뱅크북

이 책을 세상에서 가장 소중한 인연,

＿＿＿＿＿＿＿＿＿＿님께　드립니다.

"사랑은 운명처럼 한 번에 알아 볼 수 있게 다가오는
거예요." -세렌디피티 대사 중에서

헛된 사랑이었다고 말하지 말라. 사랑은 결코 낭비되지 않았다. 비록 그것이 상대방의 마음을 윤택하게 하지 못했다고 하더라도 그 물은 빗물과 같이 다시 그들의 생으로 돌아와 새로움으로 가득 채워진다. -롱펠로-

# 어떤 고백

여자 친구들과 함께 있으면
시간이 천천히 가는데
너와 함께 있으면
하루 24시간이 한 시간보다
더 짧게만 느껴져

여자 친구들 앞에선
예쁜 꽃을 보면
그냥 지나치지만
네 앞에선 몰래 꺾어서라도
가슴에 안겨주고 싶어

여자 친구들 앞에선
눈이 내리면
눈싸움을 하고 싶지만
네 앞에선 그 위에
"널 사랑해"라고 쓰고 싶어

여자 친구들 앞에선

짓궂게 웃으며 장난치지만
네 앞에선 고개만 들어도
얼굴이 붉어저

여자 친구들 앞에선
감동적인 영화를 봐도
별 느낌이 없는데
네 앞에선 막장 드라마만
같이 봐도 가슴이 짠해져

여자 친구들은 용돈이
궁할 때 생각나지만
넌 좋은 것만 보면
선물로 사주고 싶어 생각나

여자 친구들은 다른 남자와
팔짱을 끼고 가면
아무런 느낌이 없는데
넌 잠시 딴 눈만 팔아도

괜히 질투 나고 외로워

여자 친구들은 울고 있으면
위로를 하게 되지만
네가 울고 있으면
나도 어느새 같이 울고 있어

여자 친구들은 고독한 가을에
가끔 생각나지만
넌 힘들거나 슬픈 계절에
더 많이 생각 나

여자 친구들은 눈으로
먼저 느껴지지만
넌 늘 가슴으로 먼저 느끼게 돼

그래서 여자 친구들은 어느 날
내 눈에서
멀어져 버리면 그만이지만

넌 아무리 두 눈을
질끈 감아버려도
은은하게 울리는 종 되어
두고두고 날 행복하게 만들어

그래서 하는 말인데...
이제 내 반쪽이 아니라
전부가 되어줄래

널 사랑해!

# 차례

# 차례

# 차례

너 그거 아니
내가 널 얼마나 사랑하는지?

너 그거 아니?
세상이 너를 다 버린데도
나는 그럴 수 없다는 거
너의 마음 나와 같다면
그땐 기억하자
우리 만남 버리지 않겠다고
나 너를 아끼고 사랑하기에
내 모든 너 아닌 내 것은 버렸어
그리고 기억 할께
너만을~

"사랑해"

너 그거 아니 내가 널 얼마나 사랑
하는지?

그런데 말야
예전처럼
너에게 말할 용기가 나질 않아
너 또다시
내 곁에서 멀리 숨어 버릴까봐

너 그거 아니?
너를 만날 수 없었어도
꿈속에서도 널 그리워했다는 거
먼 산을 바라보며 생각에 잠길 때면
너의 안부가 궁금했어.

너 그거 아니?
나 너를 얼마나 사랑하고 있는지
너의 사랑이 얼마나 필요하고 보고 싶은지
예전처럼...
지나치는 사랑을 하고 싶지 않다는 걸
너 없는 동안 알게  됐어
네가 말했지

만남... 그리고... 사랑...
그 다음엔 나의 결단만 남았었지

너 그거 아니?
세상이 너를 다 버린데도
나는 그럴 수 없다는 거
너의 마음 나와 같다면
그땐 기억하자
우리 만남 버리지 않겠다고
나 너를 아끼고 사랑하기에
내 모든 너 아닌 내 것은 버렸어
그리고 기억 할께
너만을~

사랑해!

# 키싱구라미의 전설처럼

키싱구라미란 물고기를 아시는지요
둘은 질투가 날 정도로
서로를 아낀다지요
하나는 외로워
둘이 되어야만했던 키싱구라미
어쩌다 혼자가 되면
외로움의 병이 들어 죽고 만다지요

어떤 이의 눈물 어항 속에도
키싱구라미를 닮은 물고기가 산다지요
오늘이 지나면 올까
그리움의 사슬에 매여 떠나지 못하고
하루 종일 힘겨운 물 갈음질만 하며
시린 눈물만을 먹고 산다지요

반쪽을 잃은 키싱구라미의 전설처럼...

# 어떤 이의 눈물

그 언젠가
추억으로 떠나간 이가
내 가슴속에 눈물을 남겨두고 간 것은
서로의 인연이 아니었기에 그러했을 겁니다

그리고 지금
당신을 만나게 된 것은
지난 아픔의 흔적들이 당신으로 인해
지워질 수 있음을 의미합니다

또한
당신 때문에 흘려야 했던 눈물은
당신과 내가
마음을 하나로 만들어 가는 동안의
시행착오인 것이고

삶이 힘들어 흘려야 했던 눈물은
이 험난한 세상에서
내 삶이 굳세어지기 위함이었던 것입니다

# 바램

1.
오늘 단 하루만이라도
나는 너에게 따스힌 손길이고 싶다
비가 오면
너에게 우산이 되고 싶고
찬바람이 불면
네가 잠시 쉬어갈 오두막집이고 싶다
너와의 허락되어진 인연의 길이가
어디가 끝인지 모르겠지만
너와의 인연의 시간이 다하기 전에
단 한번만이라도
너에게도 내가, 내가 생각하는 너처럼
그리움의 존재가 될 수 있다면...

2.
오늘 단 하루만이라도
나는 너에게 불꽃같은 사랑이고 싶다
너와의 사랑이 한순간 타오르다
꺼져버린 숯덩이가 될지라도

단 한순간만이라도
너의 마음에 불꽃이 될 수 있다면
먼 훗날 누군가가
내 인생에 있어서
가장 행복했던 순간이 언제냐고 물으면
너를 만나 사랑했던 일이라고
살며시 미소 지을 텐데...

자기의 말을 그저 들어주기만 해도 즐거워하는 사람들도 있다.
—B.E.

## 사랑의 유효기간

어디선가 봤는데
사랑에도 유효기간이 있데
기억으론 아마
2년 6개월이란 거 같더라
그게 이 세상 모든 사람들에게
적용되는 건지는 모르겠지만
너와 나는 사랑의 유효기간이란 거
없었으면 좋겠어
유효기간이란 게 꼭
우리에게도 있어야 한다면
하나님에게 한 천년쯤 해달라고 그럴까
너무 큰 욕심이라 안 들어주시겠지
그러면 할 수 없지 뭐
이건 내 생각인데 말야
우리사랑 일 년에 한 번씩
갱신해달라고 하자
일 년의 마지막 날
딱 하루만 헤어져 있다가
처음부터 다시 일 년을

시작하게 해달라는 거지

어때 좋은 생각이지
만약 그것도 안 되면
뇌물을 써야지 뭐
하나님은 뭘 좋아 하실까
로또복권을 하나 사드릴까
아니야, 그건 안 되면
되려 혼날지도 몰라
그냥 우리 매일매일 하나님에게
떼를 쓰는 거야
그러면 귀찮아서라도
우리의 부탁을 들어 주실지도 몰라...
정말 우리에겐
사랑의 유효기간 같은 건
없었으면 좋겠어.

## 그러면서 눈물만

사랑을 시작하는 이들은
사랑하는 이의 눈 속에서
자신을 찾고 싶어 한다더군요
그 사람에게 나는
어떤 사람으로 비추어졌을까
그 사람에게도 내가
하나의 의미가 될 수 있는 걸까
나 역시도 많이 궁금했어요.
그대의 전부가 투명한 유리라면
그대가 나를 어떻게 생각하는지
그대의 마음이 어디쯤 있는지
한 걸음에 달려가 볼 수 있을 텐데...
그대는 거기에서 나는 여기에서
보이지 않는 거리를 두고 있음을 알고도
왜 이리도 급하고 초조한 마음으로
그대의 마음을 찾아다니고 있는지
나 자신도 알 수가 없네요.
이 마음 어쩔 수 없는

혼자만의 사랑이겠지 생각하면
왠지 기다리는 마음보다
눈물이 먼저 그댈 기억해냅니다.

지극한 사랑 앞에서는 그 무엇이나 제 비밀을 털어놓는다.
—조지 W.카버

# 그대 오는 길목에서

보고프나 볼 수 없음이
이토록 그리운 것은
늘 꿈꿔온 그대가
이 세상 어딘 가에서
날 기다리고 있을 거라는
생각이 들어서겠지요.

그리우나 그립다 말 못함이
이토록 슬픈 것은
그대가 이 세상 어딘가에 있지만
만나지 못함이 안타깝기 때문이겠지요.

그대여, 그대 향한 그리움을
오랫동안 지키고 간직해온 날 위해
어떤 먼 곳에 떨어져 있더라도
조금은 시간이 걸리더라도
날 찾아와 주지 않겠어요.
그대 눈부심에 눈뜨는 그 날까지
난 살며시 눈감아 볼게요.
그리고 믿을게요.

# 이 세상 하나 뿐인 너이기에

사랑이 그리움뿐이라도
나는 좋다
그게 너라서

사랑이 아픔뿐이라도
나는 좋다
그게 너라서

하지만
이 세상에 너가 없다면
나는 아무 것도 아니다

장미의 향기는 그 꽃을 준 손에 항상 머물러 있다.
—아다 베야

# 내 눈물에 절반의 이유

오늘도 그렇게 하루를 살았습니다.
서랍 속에서
색바래진 편지 한 장을 보고
참아야지 하면서도
두 볼을 타고 흐르는 눈물은
그대를 잊지 못하는 괴로움 때문이 아니라
어제의 추억이 생각났기 때문이라고
시치미를 때봅니다.

오늘도 그렇게 하루를 살았습니다.
피곤한 몸으로 집에 돌아와
담배를 피워야지
커피를 마셔야지 하면서도
어느새 하얀 백짓장 위에
뿌옇게 흐려지는 기억들을
하나둘 써나가는 나를 발견하곤
아픔도 때론
그리움이 된다고 우겨봅니다.

오늘도 그렇게 하루를 살았습니다.
외롭다 슬퍼하지 말아야지
아프다 술 마시지 말아야지
그립다 생각하지 말아야지 하면서도
얼마 지나지 않아 다짐은 흐려지고
그대모습을 떠올려내고 맙니다.

낙관적이어서 해로울 것은 없다. 나중에도 얼마든지 울 수 있으니까.
—L.S.L.

# 이별

조금만 더 있지 그랬어요
아직 마음에 준비도 하지 못한 나인데...
보낼 수 없다
이별 할 수 없다
말은 했지만...
그댄 나보고
다른 좋은 사람 만나라 했지요
이러다 영영 다시 못 보면 어떡하나
돌아선 마음 붙잡아도 보았지만
이제 그만 그댈 잊어 달라 했지요
그대를 사랑했던 내 추억은 어쩌라고...

친구 녀석들이
그대 안부를 물으면
음... 그 친구...
마음이 안 맞아서 끝내기로 했어
되지도 않는 거짓말로 둘러대야 하는 거겠죠
그런 거니까
그럴 수밖에 없으니까

그대를 사랑한다는 그 말
이젠 하지 않을래요
그대를 사랑했던 만큼
이젠 그대를 미워해야 하니까

·

·

·


근데 참 아프네요...

행복 가운데는 두려운 행복도 있다. ―토마스 후드

## 그대만큼은 나도 어쩌지 못 하는가 봅니다

그대는 내게
그냥 편해서 좋다고 합니다.
나는 그대에게
어색한 미소 뒤에 사랑을 숨깁니다.
그대는 내게
늦은 밤 전화를 해서 말도 안 되는 말로
몇 시간씩 투정을 부립니다.
나는 그대에게
졸립지 않다며 거짓말을 해야 합니다.
그대는 내게
오늘 약속이 없으면 자기랑 놀자고 합니다.
나는 그대에게
만사 제쳐놓고 달려가 하루살이 애인이 됩니
다.

그대는 모르실 겁니다.
친구보다는 연인이고 싶은
편함보다는 사랑이고 싶은
이런 내 마음을...

# 이 한마디 말밖엔

나는 알지 못합니다.
당신이 지금 어디에 있는지...
당신이 지금 무얼 하는지...
하지만 나는 기억하고 있습니다.
주체할 수 없이 밀려오는
그리움들 속엔
못 다한 사랑이야기가 있다는 걸...
그 사랑이야기에 주인공은 당신이란 걸...
세상에 사랑은 많지만
당신을 사랑하는 내 마음에
비유할 수 있을까요
당신을 그리워하는 내 마음에
비유할 수 있을까요

퇴근길에 포장마차에 들렀습니다.
딱 한잔만 마시기로 했는데...
벌써 두어 병은 더 마신 거 같습니다.
취하려고 마신 술은 아닌데...
벌써 당신이 걱정이 됩니다.

아니, 내 자신이 걱정이
된다는 말이 맞겠죠.
혼자돼 오늘도 난
당신만을 사랑하지만...
이젠 드릴 게 없네요.
보고 싶습니다,
이 한마디 말밖엔...

자기 사상의 밑바탕을 바꿀 수 없는 사람은 결코 현실을 바꾸지 못한
다. —안와르 엘 사다트

# 사랑이었음으로

조그만 바람결에도
흔들리며 서걱이는 마음가지에는
사랑을 맺지 못한 미련만이
덩그러니 매달려있습니다.
혹여 당신이 지금
다른 누군가와 함께 라고 하더라도
당신이 내 마음에 머무는 동안은
기다림도 살아가는 이유가
된다고 믿었기에
하루가 지나고 또 하루를 살다보면
기억이란 잔에
서로에 대하여 못 다한
마음을 가득 채우고
겨울잠에서 막 깨어난
봄날의 새순처럼
다시 만날 수 있을 거라
생각했습니다.
하지만 이제 당신과의 사랑이
다 쓰지 못한 나의 시처럼

여백으로 남게 될지도 모르지만...
그렇다고 해서
원망은 하지 않겠습니다.
울며 웃던 모든 사랑의 기억
당신이 있었기에 가능했던
내 사랑이니까요
꿈이라 해도 당신이
거기에 있었으니까요

당신이 내게 준 모든 것은
아픔보다는...
나의 인생의 가장 빛나는 추억으로
나의 가슴속에 남아 있을 것입니다
당신은 내게 너무나도
소중했던 사랑 이였음으로...

## 당신에게

지금은 당신에 대해
많은 것은 알지 못합니다.
아는 것이 있다면
당신과 당신을 아주 많이
사랑하고 싶어 하는
내 마음이 당신 곁에
있다는 것입니다

어찌 보면 당신과 나는
만날 수밖에 없는
운명을 가지고 태어났음에도
너무도 오랜 시간동안을
만나지 못하고 살았던 것 같습니다
지금 나에게
나의 인생보다 더
소중한 것이 있다면
그건 바로 당신일 것입니다

친구라는 이름으로 맺어진
우리 만남이
마음에서 마음까지
사랑을 완성하는 데
조금은 시간이 걸리더라도
서로가 지킬 수 있는 약속만 하며
나의 외롭던 날들은
당신이 채워주고
당신의 외롭던 날들은
내가 채워주며
우리 서로에게 없어서는 안 될
꼭 한 사람이 되었으면 합니다.

# 욕심

너의 아름다운 모습을 보고
잠시 욕심이 생겨
너를 꺾어 꽃병에 꽂아두었더니
너는 이내 시들고 말더라

남에게 호감을 주려면 많은 생각과 노력과 철두철미한 결단력이 필
요하다. ─레이 D.에버슨

# 너 없는 동안

단지
보고 싶다는 생각만 했다
눈물이 흐른다.

그냥
마음속으로
이름한번 부른 것뿐인데
너는 뼛속까지 스며와
나를 흔든다.

우리가 사랑을 하는 것은 사랑이야말로 유일하게 진정한 모험이기
때문이다. ―니키 조반니

# 그대 사랑은 왜

그대 사랑은 왜
멀리 있는 건지
나는 아직도 그 이유를 모르겠습니다.

내 마음엔 온통
그대로 인해
그리움이란 강물이 흐르는데
나는 왜
그대의 마음을 느낄 수 없는 건지
나는 아직도 그 이유를 모르겠습니다.

하지만 언젠가는
그대도 느낄 수 있겠죠
그대 마음을 찾아 헤매며
하루 긴 시간도 모자랄 만큼 사랑하고도
'사랑해'란 말을
할 수 없었던 이가 있었다는 걸
이 세상 마지막까지 사랑하며
또 그리워할 이가 있었다는 걸

# 말없는 고백

반가운 마음에 힘껏 달려가
내 마음을 전하고 싶었지만
전할 수가 없었습니다.
다가가면 깨질 것만 같아
사랑이라 말하면 떠날 것만 같아
그냥 그렇게
그대 마음을 서성였습니다.
말하지 않아도
알아주길 바라는
바보 같은 마음으로...

조금씩 가까이 다가가고 싶었지만
다가설 수 없었습니다.
매일같이
거울 앞에 혼자 서서 연습했었던
소중한 한 마디를
어디쯤 서서 고백해야 할지
어떤 말부터 시작해야 할지
정말로 생각이 나질 않았습니다.

그대라는 정해진 사랑
그 어떤 것으로도
채울 수 없는 그리움이지만
너무 큰 욕심은
남겨질 아픔도 큰 걸 알기에
그저 바라 볼 수 있는 것만으로도
작은 행복으로 여기며
이 세상에 그대가 있음을
감사하며 살겠습니다.

솔직한 것이 동정보다 낫다. 동정이란 위로를 하면서도
무언가 숨기는 경우가 많으니까. ―그레텔 에를리히

# 누군가를 다시 사랑해야 한다면

만남의 시간동안
마지막 한 조각의 사랑을 맞추지 못하고
기다림과 그리움의 경계선사이에서
안절부절못하다 뜬눈으로 밤을 새는
가난한 사랑이 되지 않았으면 좋겠습니다.

신호등을 기다리다 우연히 만난 친구처럼
반가움에 악수하고 헤어짐을 아쉬워하는
깊고 지속적인 만남이었으면 좋겠습니다.

내가 슬픔에 젖어 눈물지을 때
그 눈물의 의미를 알려기보다는
슬픈 나의 등을 토닥이며
눈가에 맺힌 눈물을
어루만져 줄 수 있는
사람이었으면 좋겠습니다.

우리가 사는 동안 사랑할 수 있다면
사랑한다는 말을

굳이 하지 않아도 좋습니다.
미사여구가 화려한 로맨틱한 글로
감동을 주지 않아도 좋습니다.

그저 함께 하는 것만으로도
따뜻한 마음을 느낄 수 있는
그런 사람이었으면 좋겠습니다.

누군가를 다시 사랑해야 한다면...

너무 열렬한 사람은 언제나 남들에게는 성가신 존재.
　　—올번 구디어

## 인연(因緣)

그거 아세요.
인연은 말예요
이 넓고 복잡한 세상에서
잠깐 스치듯 훔쳐본 그 모습이
어디서 많이 본 듯한
사람이란 생각이들 때
그대의 마음과
나의 간절함이 만나서
우연이란 다리를
앞서지도 뒤서지도 않고
나란히 건넜을 때
인연이 되는 거래요.

시간이라는 모래밭에 발자국을 남기는 것은 좋은 일. 그러나
더욱 중요한 것은 기왕이면 훌륭한 방향의 발자취를 남기는 것.
—제임스 B.캐블

# 고마워요 내 사랑이 그대여서

태초의 신이
아담과 이브의 사랑을 허락하지 않았다면
아마, 그대와 나는 사랑하지 못할
불행한 운명으로 태어났을지 몰라요
그게 아니라서 얼마나 다행인지...
얼마나 큰 기쁨인지...
한때는 사랑이 힘에 겨워
눈시울 붉어지던 때도 있었지만
내 행복의 첫 페이진 그대로부터 시작되어
내 사랑의 종점은 그대인걸요.

고마워요 내 사랑이 그대여서...

누구나 그 가슴속에는 한때 시인이었다. 시들어 버린 혼이 깃 들어
있는 법. —S.K

# 사랑합니다

때로는 환한 미소로
때로는 슬픈 표정으로
말하지 않고도
느껴지는 진실 된 사랑이 있기에
당신이 내 마음속에 있어줘서 행복합니다.

만약 그 누가 내게
이틀밖에 남지 않은 삶을
어떻게 살겠냐고 물어 온다면...

하루는
당신 안에 여행을 떠나겠습니다.
당신이 나로 인해 마음 아파할 걸 알기에
우리가 처음 만났던 하루 전으로
시간을 되돌려 놓고 오겠습니다.

하루는
당신에게 편지를 쓰겠습니다.
다음 생에 다시 태어난다면

사랑의 초청장은
기꺼이 당신에게 보내어 드릴 거라고...

사랑합니다.
당신이 나를 화나게 하고
말도 안 되는 일로 투정을 해도
당신은 나의 사랑을 받아주는
단 하나뿐인 나의 사랑이기 때문입니다

사람이 만약 언제 어디서 다시 만나게 될지 미리 알 수 있다면,
친지들과 작별인사를 할 때 우리는 더 다정하게 할 것이다. —Q.

## 참 좋은 당신

아침에 눈을 뜨면
가녀린 커튼 틈 사이로 밀려오는
눈부신 햇살처럼...
내게 처음 생각나는 것은
다른 누구도 아닌
바로 당신의 모습이던걸요.

그럴 때면
졸린 눈을 비비며,
잠긴 목소리를 서로
주고받을 수 있는 사람
내게 당신이
그런 사람이었으면 했는걸요.

하루 종일 일에 지쳐
잠시 쉬고 싶을 때
나 힘들어하고 기댈 곳이
당신이길 바랬던 걸요.

오늘은 비가 오네요.
아이처럼...
비를 무던히도 좋아하던 당신

오늘은 저 비가
내 마음 알아주는 것 같아
비가 좋아질 것 같아요.

이젠 혼자서 비를 맞지 말아요.
이 세상 모든
당신 홀로 맞아야 할 비들은
이제 내가 당신의 우산이 되어

하나가 아닌 둘로 나누고 싶으니까요.

*
이곳에 실린 모든 글들은 인터넷 '다음'에 '아카시아 꽃향
기' 란 문학카페를 운영하시면서 직접 창작활동을 하고
계신 김진섭님의 작품들을 실은 것입니다.

카페주소: *http://cafe.daum.net/sevenyearold*

# 러브스토리 모음 1

"진짜 사랑은 언젠가는 상대의 마음에 가서
닿는다는 사실을 깨달았습니다.
그 사랑이 조용한 것일수록, 닿았을 때
마음의 울림은 더 크다는 것도 말입니다"
- 왕조현 -

*

"사랑은 온 우주가 단 한 사람으로 좁혀지는
기적이라고 생각해요. 내게 우주는 나의 남편,
대니 그 하나 뿐이에요."
- 줄리아 로버츠 -

*

"사랑은 내가 선택할 수 있는 것이 아닙니다.
그저 내게 다가오는 것입니다.
100여 년을 살면서 내가 깨달은 단 한 가지
사실이 바로 이것입니다."
- 캐서린 햅번 -

*

"나는 다시 태어난다고 해도 영화를 할
것이고, 지금 내 곁의 여인을 만날 것이고,
그녀를 사랑할 것입니다.
또다시 태어난다고 해도 모든 것은
마찬가지입니다.
- 주윤발 -

*

"내 인생에서 단 한 가지 후회되는 일이
있습니다. 베로니크를 조금 더 빨리 알아보지
못했다는 겁니다.
알아보지 못한 만큼 사랑해 주지 못해서
무척 미안합니다."
- 그레고리 팩 -

*

"심한 고통과 분노의 시간이 있었지만
내 인생의 절반을 그와 함께 했습니다.

그는 좋은 사람입니다.
어떤 일이 있어도 이어질 깊은 끈이 우리
사이에 존재합니다.
그것은 사랑입니다."
- 힐러리 로드햄 클린턴 -

\*

"난 이제 쉰 여섯 살의 중년 남자입니다.
그리고 이 나이에 와서야 사랑이 무엇인지
알았습니다. 그것은 믿음입니다."
- 아놀드 슈왈츠제네거 -

\*

"그녀는 부족한 나를 가득 채워주는
느낌입니다. 그녀와 함께 있으면 내 삶은
영화보다 더 아름답습니다."
- 브래드 피트 -

\*

"사람들은 나를 마릴린 먼로와 비교하곤
해요.

하지만 난 그녀와 비교되고 싶지 않아요.
그녀가 빨리 죽어서가 아니라, 사랑을 이루지
못하고 죽었기 때문이에요. 난 이 세상에서
사랑을 이루고 싶어요."
– 다이애나 –

\*

"처음 빅토리아를 보았을 때는 눈부시게
예뻤습니다. 지금 아이를 안고 있는 그녀는
성스러워 보입니다.
사랑은 그 사람의 백 가지 모습을 모두
아름답게 볼 줄 아는 마음이 아닐까요?"
– 베컴 –

\*

" 아름다운 이별은 없습니다.
다만 아름답게 사랑한 후에는
좋은 추억이 남습니다.
소중한 추억을 남겨준 사랑에 감사합니다."
– 샤론 스톤 –

# 슬픈 대학가의 노래

내가 무엇을 할 수 있을까?
외모도 자신할 수 없고,
널 위해 기타 쳐 줄 수도 없는데,
너에게 선물 하나 할 수 없는
먼지 낀 지갑은,
나에게 한 숨만 지게 하는데,
가진 거라고는 너를 향한 사랑 하나인데,
너는 꽃처럼 웃기만 하네.

-서강대 영문과 영화패 '광장'

# 벗 하나 있었으면

마음이 울적할 때
벗 하나 있었으면
날이 저무는데 마음
산그리메처럼 어두워 올 때
내 그림자 드리우고
조용히 흐르는 강물 같은
친구 하나 있었으면...

울리지 않는 기타처럼
마음이 비어 있을 때
낮은 선율의 보랏빛 식권의
향기로 다가와
그와 함께 포만의 노래되어
금잔디 가득 번지는 선배 하나,
동기 하나 더 있었으면...

오늘도 대성로 다 못 넘고 지쳐
달빛으로 다가와 등 쓰다듬어 주는
벗 하나 있었으면...

향기로운 보리향기
입안 가득 머금고
명륜골 울리는 따스한
어깨걸이 단단한데
그와 함께 칠흑 속에서도
다시 먼 길을 갈 수 있는
벗 하나 있었으면...

*-성균관대 현대철학연구회*

삶을 깊이 이해하면 할수록 죽음에 대한 슬픔은 그만큼 줄어든다.
 - 톨스토이

# 버림받아도 좋으니

내게는 초등학교 들어가서
친구라는 느낌을 가져본 여자가 있었다.
그녀와 중학교 3학년까지 함께 지냈다.
나의 감정을 아무런 생각 없이 보여줬고
맹목적으로 사랑했기 때문에
진정으로 울기도 했었다.

그랬는데 그녀로부터 편지를 받았다.
그녀는 나를 전혀 사랑하지 않고 있었다.
나와는 친구일 뿐이었다.
그 후 나는 내 모든
마음의 문을 잠궈버렸다.
어느 누구에게도 열어주지 않았다.
그럴 듯해 보이는 또 다른 나를
그들에게 보여주었다.
단지 또다시 버림받기가 싫었나 보다.
그런데 최근에 기습당했고
대책 없이 버림받았다.
참 슬프다.

그러나 버림받아도 좋으니
사람을 사랑하고 싶다.
버림받음을 감수하지 않고는
사랑할 수도 없을 테니까.

모두 나를 짓밟고 간다 해도
나는 풀처럼 일어나
사랑할 준비를 하리라.
다시는 힘없이 쓰러져
그저 울고 있지 않으리라

-서울대 그림터

주의 말씀의 맛이 내게 어찌 그리 단지요. 내 입에 꿀보다 더
하나이다.

# 풀과 사랑

풀들은
비가 오면 제 빛깔
스스로 깊어져
입안 가득
물을 물고

사람은
사랑할 때 제 빛깔
스스로 깊어져
가슴 가득
불을 피우고

*-서울 의대 '연건' 편집위원회*

## <그 남자>와 <그 여자>


### <그 남자>

내 여자 친구는 예쁘진 않아. 몸매도 별루구...

내 여자 친구는 한마디로 표현하자면, 응, 그래, 맞아. 수더분해.

그런데 그녀는 우리 동아리 남자들로부터 막강한 인기를 끌고 있지. 이유인 즉슨 그녀는 모든 사람에게 따뜻하며 조용히 매사를 처리하고 남의 얘기에 진심으로 귀 기울이고 필요하다 싶은 말들만 하고 사색을 좋아하는 마치 조선시대 사대부가의 여인을 연상시키는 그런 여자이기 때문이지.

난 그녀를 은근히 짝사랑하는 동기 선배들을 아랑곳 하지 않고 그녀에게 대쉬했어.

그녀를 내 사람으로 만드는 데는 장미꽃 스무 송이, 2만원 밖에 들지 않았지.

그때는 1년 전이었어. 아아, 정말 그땐 그녀 외엔 다른 여자는 보이지 않을 정도로 그녀의 모습은 매력 투성이었지.

헌데 지금은 그녀의 이런 모습들이 짜증이 나. 또 그녀를 은밀히 좋아하는 '만두'라는 동기 놈 때문에 그녀가 점점 싫어져.

해서, 고등학교 동창 놈 중 유능한 놈에게 자기주장 강하고 야물딱스런 그런 여자를 소개받았지.

그녀의 이름은 '세니'...

어때? 이름도 근사하지?

처음엔 그녀의 딱부러짐은 정말 가슴을 후련하게 해줬어. 근데 이 여자와 주욱 관계를 유지하는 동안은 왠지 불안했어.

왜냐 구? 이 여잔 참 까다로워서 음식점도 아무데나 가지 않고 깨끗한 곳만 골라서 가고, 내가 밤새 술 먹고 만날라치면 술 냄새 난다고 만나주지도 않는 등, 그런 여자거든.

얼마 후에 세니와 데이트를 즐기다가 그녀에게 들켰지. 내 실수였어. 왜 하필 그 많은 카페 중에 시흥에 있는 '발칙한상상'에 갔을까? 거긴 그녀와 자주 가던 곳이었는데...

그녀의 얼굴은 사색이 되었고 그녀는 곧 돌아서서 뛰었지.

난 세니를 보내고 한동안 생각에 잠겼지. 난 그녀를 잘 알기 때문이지. 그녀는 내가 다른 여자와 잠깐 얘기만 나눠도 내색은 안 해도 숨어서 찔끔거린다는 것을 알거든.

지금은 어떻게 됐냐 구?

난 그녀와 결혼해서 지금 제주행 비행기에 앉아있지. 세니와의 밀회를 들킨 후 아무 말도 없이 그녀에게 뽀뽀를 했지.

그리고는 이렇게 말했어.

"맹이! 결혼하자."

근데 나 아무래도 속은 것 같아. 비행기 앉을 때까진 가만있던 그녀가 앉은 후에 갑자기 이렇게 말하는 것 아니겠어?

"Dean, 너 앞으로 바람피면 확 짤라버릴겨!"


<그 여자>

내 남자친구는 남들이 그러는데 잘 생겼단다.

인간성 좋은 건 기본이고 유머감각까지 탁월해 늘 날 즐겁게 해주는 재주가 있다. 그런 그에게 한 가지 아쉬운 점이 있다면 넘 가난하다는 것이다.

데이트 할 때도 주머니가 텅 비어 길거리 카페에서 삼백 냥짜리 자판기 커피를 마셔야 했으며,

차비를 아끼기 위해 한 두 정거장 정도의 거리는 기본적으로 늘 걸어 다녀야만 했어.

그 흔한 장미꽃 한 송이 살 돈이 없어서 학교 정원에 피어있던 들장미를 몰래 꺾어 내게 주려다 수위 아저씨에게 들켜 혼쭐이 나던 그...

그러면서도 머가 그리도 좋은지 나만 보면 해맑은 미소를 지으며 콧노래를 흥얼거리던 바보같이 착하기만 한 그...

근데 왜 이리 맘이 그냥 그럴까?

그래서 딴 남자를 꼬시기로 했지. 좀 더 세련되고 장래가 촉망되고 이왕이면 집안까지 빵빵한 그런 킹카를...

그로부터 얼마 후, 드디어 걸렸어! 그것도 월척으로 말이지.

빨간색 BMW스포츠카에 이지적인 안경, 흰니가 돋보이는 고급스런 미소, 그리고 제일 맘에 드는 건, 그의 정신세계는 왕자병 아니 황제병과 '색(色)'으로 점철 됐고, 그의 짧은 머리에 앞머리를 한 가닥 늘어뜨린 스타일은 정말 캡이었어.

어쨌든 그 남자와 사귀게 됐는데, 그러는 동안에도 그 전의 바보 같은 남자친구는 계속 전화를 했지.

밤늦게 전화해서 내가 좋아하는 노랠 불러주는가 하면 은근히 사랑의 말들도 전했지. 그러나 그의 목소리는 더 이상 감미롭지 않았어.

이상하게 그의 데이트 신청은 이 핑계 저 핑계로 거절하고 난 BMW스포츠카를 탄 그이와 데이트를 하게 되었지.

그러다 내 생일이 닥쳤어.

난 BMW스포츠카를 타고 무궁화 다섯 개짜리 특급호텔에 들어가서 환상적인 식사를 했지.

훈제 곰 발바닥, 개미 숯불구이, 가재 앞 발가락 튀김 같은...

근데 그의 이야기는 정말 한심했어. 영화배우 누구는 얼굴은 예쁜데 몸매가 좀 그렇고, 압구정동 어느 로바다야끼가 물이 정말 좋고, BMW 스포츠카 6개월 탔는데 시원찮아서 내년엔 좀 더 세련된 외제차로 갈겠다는 따위의...

갑자기 내 남자친구 생각이 났지.

3,500냥만 내면 사리를 공짜로 무한정 주는 은행동 천하장사 세숫대야 냉면을 게걸스럽게 잘 먹고, '너를 사랑해'란 노래를 곧잘 불러주고, 경춘선을 타고가다 떨어지는 낙엽에 가을을 읊던 진실 되고 나만을 사랑하던 그이...

그날 밤, 자정이 넘도록 우리 집 앞에서 비를 맞으며 서 있다가 안개꽃 속에 부끄러이 숨어있는 스물 두 송이의 장미를 내게 건네며,

"생일 축하해! 그리고 미안해... 지금 내가 널 위해 해줄 수 있는 것은 이렇게 비를 같이 맞아주는 것뿐이야. 그게 다야..." 하며 날 와락 끌어안던 그...

지금 나는 이 남자랑 추석을 보내는 중이야.

시골 부모님께 인사시킨다는 이 남자의 강압적인 조처 하에 털털거려 언제 시동이 꺼질 줄 모르는 중고차 안에서 열두 시간 째 고속도로 위에서 꼼짝 못하고 있는 중이지.

이 남자 오늘 따라 왜 이리 잘 생겨 보일까.

내 잠깐 바람피우기는 입을 딱 다물고 시치미 뚝!

사랑은 이런 건가 봐.

"사랑해 Dean, 쪽!"

# 사랑은 구속이 아니다

나의 첫사랑은 무너지고
지금은 너무 외롭다.

그날 이후,
나는 더 이상은 사랑할 수
없을 것 같았다.
도저히 누군가를 사랑 할
자격이 없을 것 같았다.

삶의 기법도,
술수도 생각해 보았지만
그건 너무 작위적이지 않을까?
덜 자연스럽지 않을까?
차라리 그녀를 또는 그이를
놔두어야 하지 않을까?
사랑은 구속이 아닐 것이다.
사랑은 참는 것이고
그 사람을 그대로 놔두는 게 아닐까?

아! '사랑'의 감정이
으깨진 경험이 있는 사람은
더 이상 아무도 사랑할 수 없는 것일까?
없는 것일까?

－연세대 연세문학회

사랑하는 자들아. 하나님이 이같이 우리를 사랑하였은즉 우리도 서
로 사랑하는 것이 마땅하도다.

# 진짜 이별은

진짜 이별은
뒷걸음친다고 피해지는 것이 아니랍니다.
그렇다고 달려다가 맞이하는 것도 아닙니다.
그냥 그 자리에서 한 마디의 소리와
한 번의 눈빛으로 마주할 수 있는 것입니다.

진짜 이별이란
어느 날 걸려오는 한 통의 전화나,
문득 배달된 두툼한 편지로
전해지는 것이 아니랍니다.
말없이 식어가는 커피와 묵묵한 담배연기,
나를 비껴가는 눈동자,
그리고 '사랑했다'는
고백의 시제에서 예감되는 것입니다.

진짜 이별이란
떠나가는 사람의 뒤통수를 향해
모진 말을 뱉는 것이 아닙니다.
또한 강인함을 보여주기 위해

고개 한 번 돌리지 않고 씩씩한 듯
아무렇지 않게 걸어가는 것도 아닙니다.
못내 아쉬운 듯 악수하는 손을 놓지 못하며
자꾸 고개 돌려 그 사람의 빼곡한 뒷모습을
바라보는 것입니다.

진짜 이별은 내일 잊었다고
말하는 것이 아닙니다.
내일도 모레도 어쩌면 한 달 후에도
그 사람의 아픔을 자연스럽게
이야기 할 수 있는 것입니다.

진짜 이별은
지금, 그 사람의 사진과 편지를 태우고
수첩에서 이름과 주소를 지우는 것이 아닙니다.
하루하루 조금씩 희미해져 가며
마음 한 구석켠으로 소홀해지는 것입니다.

진짜 이별은
미움을 가지고 잊기 위해

노력하는 것이 아닙니다.
왠지 모를 서운함과 아쉬움을 남기며
나도 모르게 잊혀지는 것입니다.

진짜 이별은
길모퉁이에서 우연히 마주쳐도 못 본 척
고개를 홱 돌리는 것이 아닙니다.
우연히 만나면 어색해도 스스럼없이
안부를 물을 수 있는 것입니다.

그리고 그 날 저녁,
더 이상 그에게 아무런 의미를 갖지 못하는
내 이름 석 자가 조금쯤은 섭섭하고 서운한 것,
그것이 진짜 이별입니다.

– 이화여대 문학회 '새벽'

# 이유

사랑하기만 하면
떠나버리는 사람들...
그것이 두려워서
우습기는 하지만
깊이 정들지 말아야겠다.

-성균관대 산업심리학과

의인의 수고는 생명에 이르고, 악인의 소득은 죄에 이르느니
라.

# 널 생각하니

뽑아 온 커피를 다 마시고-
마지막 한모금은 냉커피였다.
눈 위에 너의 이름 석 자
적으려는 욕심이 생기니,
눈 구경은 뒷전이로다.
멋진 풍경화에
손톱만한 인간을 집어넣었던
화가들의 마음이 이런 것은 아니었을까?
싸늘한 풍경에 손톱으로 인해
36.5℃의 땃땃한 그림이 되지 않았을까?
널 생각하니 너무 춥다.
따뜻한 커피에 발을 담그고 싶다.

-이화여대 총연극회

## 얼룩지고 나니

얼룩지고 나니 비로소 느낀다.
일생을 순수함으로 산다는 것이
얼마나 힘겹고 소중한 것이었는지...

얼룩지고 나니 비로소 부끄럽다.
이제 비로소, 윤동주의 풀잎과 밤하늘이
얼마나 맑았는지 느낀다.

얼룩지고 난 후
이미 늦은 뒤에
가슴 찢으며 거울을 보니
그것은 맑음이 아니라 창백한 모습이구나.

얼룩지고 나니 비로소 에메랄드 같았던
어제들이 그립습니다.

얼룩지고 나니
비로소...

# 어머니 1

난 아침에 눈을 뜰 때,
서글픔이 밀려든다.
상쾌한 아침에 깼는데도
막 울고 싶어진다.
차가운 방바닥, 컴컴한 방안-
따스한 햇살을 받으며 깼을 때,
내 침대 모퉁이에 앉아
나를 물끄러니 내려다보는
얼굴을 볼 수 있었으면...

*- 이화여대 문학회 '새벽'*

내가 두 마음 품는 자를 미워하고 주의 법을 사랑하나이다.

# 어머니 2

오늘도 엄마가 보고 싶다.
가까이에 계신다면
엄마 가슴에 문을 텐데.
엄마...
새벽녘부터 내린 비는
흐린 하늘을 남겨놓은 채 그치고,
오늘은 피곤하고 초췌하지만,
내일은 웃으면서,
부서지는 봄 햇살 따라 웃으면서
그렇게 서고 싶다.

*- 한양대 반도문학회*

# 러브스토리 모음2

*
"사랑은 마법과 같아서
어느 날 갑자기 사라져 버릴지도 몰라요.
하지만 난 지금 영원한 마법을 꿈꾸죠.
우리가 늘 오늘처럼 사랑하게 해 달라고,
밤마다 기도합니다."
- 소피 마르소 -

*
"나는 나를 좋아해 주는 사람들을 사랑합니다..
그들의 사랑 덕분에 살아왔고,
살아가게 될 테니까요. 나를 좋아해 주는
사람들이 앞으로도 나를
기억해 주기를 간절히 바랍니다."
- 장국영 -

*
"난 평생 존 F.케네디를 잊을 수 없었어요.
그를 사랑해서가 한 가지 이유고,
그에게 더 잘해 주지 못해서가

다른 한 가지 이유예요.
여러 가지 이유로,
그는 내 마음속에 아직 있어요."
- 재클린 케네디 오나시스 -


*

"나에게 기적은 다시 일어서는 것이 아니라
사랑하는 아내와 하루하루를 함께 하는
것입니다. 사랑하는 사람과 함께 하는 삶은
날마다 기쁨이고 기적입니다."
- 크리스토퍼 리브 -


*

" 한 번도 사랑다운 사랑을 해 보지 못한
사람들은 모를 거예요.
내가 불륜을 저지르는 게 아니라,
사랑을 하고 있다는 것을."
- 잉그리드 버그만-

*

"우린 너무 어렸고 너무 성급했으며,
너무 사랑했어요. 그 사랑의 기억으로
난 평생을 행복할 수 있었어요."
– 올리비아 핫세 –


*

"우나 오닐을 좀 더 일찍 만났다면 사랑을 찾아
헤매는 일은 없었을 것이다.
세상의 단 한 사람에게만 느낄 수 있는 것이
바로 사랑이다."
– 찰리 채플린 –


*

"로렌스 올리비에가 없는 긴 생을 사느니
그와 함께 하는 짧은 생을 택하겠어요.
그가 없으면, 사랑도 없으니까요."
– 비비안 리 –

*

"요꼬와 내가 만나기 전에 우리는
반쪽 짜리 인간이었습니다...
우리는 함께 있을 때
비로소 완전한 인간이 되었습니다.
사랑조차, 우리 두 사람 사이를
비집고 들어올 수 없었습니다."
- 존 레논 -


*

"나는 사람들에게 부끄럽지 않은
인간으로 기억되기를 바랍니다.
그러나, 내가 사랑했던 사람에게는 그저
아름다운 한 여자로 기억되고 싶습니다."
- 그레이스 캘리 -


*

"나는 어림잡아 천명이 넘는 여자들을 만났다.
하지만 사랑을 느낀 것은 단 한 번 뿐 이었다."
- 엘비스 프레슬리 -

# 남자의 속마음이 궁금해요

도대체 그 남자의 속마음을 잘 모르겠어요.
제게는 거의 3년이란 기간 동안 짝사랑했던 한 남자가 있었습니다.
되게 얼떨떨하게 고백을 했지만, 좋아한지 반년 만에 제가 그 남자에게 먼저 고백을 했습니다.
근데 문제는 다름이 아니라, 꼭 그 남자가 절 좋아하는 것처럼 말하고 행동했다는 거예요!.
거기에 제가 넘어간 거 같아요.
전 그의 말과 행동에 이 사람도 "나와 같은 감정이겠구나!" 하고 고백한 것인데 어이없게 그 남자에게서 받은 대답은
"미안하다." 이거였죠.
그 후로도 얼굴은 정말 많이 봤지만 그냥 봐도 모르는 척, 서로가 모르는 사람인척 그렇게 지냈어요.
그렇게 말뿐 아니라 아는 척도 안하고, 연락도 안하고... 하지만 저는 혼자서 짝사랑을 미련스레 계속 이어나갔습니다.

잊어야지 하며 마음을 모질게 다져봤지만 못 잊고 자꾸 그 사람 생각이 떠나질 않더라구요.

그러다 2년 후 어느 날인가 한번 같은 동아리 사람들끼리 같이 술 마실 기회가 있었어요.

문제는 제가 워낙 술을 못하는지라 조금 마시고 필름이 끊길 정도로 뻗었습니다(^^;).

다음날 술이 다 깨고 나서 주위친구들과 선배들이 하는 말이 그 남자가 저만 챙겼다는 거여요.

제가 술 취한 이후 술 마시는 동안 내내 저만 챙기고 부채질도 해주고... 게다가 절 업고 왔다는 거예요.

다른 선배가 무거울 테니 자기가 좀 업겠다고 해도 한사코 자신이 날 업겠다고, 했다는군요.

글쎄! 그 얘기를 듣고 너무 놀랐어요. 한마디로 충격 그 자체였어요!

대체 왜냐 구요?! 저 술 깨고 나서 한동안도 그 사람이랑 한마디도 안 했어요.

그러다 한 6개월 쯤 후 겨울방학에 동아리 엠 티를 가게 되었어요. 시간이 한참 흐른 뒤라 어색한 감은 많이 없어졌더군요.

그런데 그 사람이 춥다고 한사코 거부하는 저 에게 자기 옷을 벗어 걸쳐주고 그러는 거예요. 당근 혼란스러웠죠! 이 사람이 왜 이러지?

나랑 이제 끝난 거 아니었나? 미안하다고 할 땐 언제고? 참 웃기더라구요?

그리고 밤이 되어서 술도 많이 먹고, 엠티 가 서는 다들 하는 것처럼 진실게임을 하게 됐어 요. 질문이 '이중에 좋아하는 사람이 있다!'였 거든요.

그런데 하필 그 남자가 딱 걸렸죠.

전 내심 허황되긴 했지만 은근히 기대했어요. 기대한 저도 참 바보 같지만요.

그래도 이 사람이 나를 그렇게 챙겨준 거 하 며 싫다는데도 한사코 옷을 벗어 걸쳐 준거까 지 보면... 혹시 모르지?!.. 라고 생각했던 거죠. 나원 참! 그런데 대답이... 다른 사람인거에요. 저랑은 많이 친하진 않지만 같은 동아리 친구

인거에요.

순간 충격이었어요!. 그러면 왜 나한테 그리 잘해 준걸까?. 갑자기 눈물이 막 나는 거예요. 황급히 자리를 떠서 바깥으로 뛰쳐나갔는데 걱정이 되었는지 계속 전화가 오는 거예요. 어디 있냐 구. 추우니깐 빨리 들어오라고...

그 일이 있은 후 얼마 지나지 않아 그 사람은 군대에 가게 됐어요.

잘 다녀오라고, 군대 가기 전에 연락이라도 한 번 하려했는데... 연락하지 말라고 주위친구들이 말리더군요.

이참에 그냥 다 잊어버리라는 겁니다. 그래서 군대 가기 전날까지는 너무나도 연락하고 싶었지만 연락을 하지 않았었는데...

군대 가기 전날 밤에 그에게서 문자가 왔더군요!.

내용인즉 대략, '낼 진짜 군에 들어간다. 가면 생각 많이 날거 같다. 잘해주지 못해서 미안하고, 몸 건강하게 잘 지내라...'라는 내용이에요.

엄청 고민이 되더라구요. 전화를 할까? 말까?
결국 30분 만에 용기를 내서 전화를 했는데...
도대체 이게 웬일입니까?.
순간 시끄러운 소리가 들리더니 뚝 하고 끊어
지는 거예요.
분명 제 핸드폰 번호가 떴을 텐데 말이죠.
아마 시끄러운 것 보니 술집이었던 거 같아
요.
너무 당황스러워서 문자로 보냈습니다.
'전화 끊어져서 당황했어요. 군대 잘 다녀오세
요.'
전 전화라도, 아니 답장 메일이라도 올 줄 알
았는데... 그렇게 아무런 연락도 없이, 아무런
말도 없이 그는 결국 군대에 간 거죠.
뭐 이래요?
아마도 제 추측에 그 문자가 다른 이들에게도
모두 똑같이 보낸 전체문자일수도 있다는
생각이 들더라구요.
군에 가는 심정에 그럴 수도 있다고 생각이
들고 이해가 되었지만 정말이지 화가 무지 납

니다.

그 사람은 제 기분은 손톱만큼도 생각 안 하나요?

제가 어떻게 생각할지, 어떤 기분일지 모르고 아무 생각 없이 그러는 걸까요? 차라리 잘해주질 말던가,

대체 왜? 사람 마음 이리 혼란스럽게 만드는 건지 모르겠네요.

자기 좋아했던 여자라고, 그냥 팬 관리하듯이 제 마음 떠날까봐 접대용으로, 매너용으로 그러는 건가요?

정말 답답하고 화도 나고, 이 남자 왜 이럽니까? 모든 것이 혼란스럽고 정리가 안 됩니다.

조언 부탁드려요!

님을 포함한 모든 외로운 사람들은요?

주위의 작은 호의나, 친절에 쉽게 무너져 내리고, 쉽게 의지하려하며 자신에 대한 남다른 애정으로 착각하는 경우가 매우 많이 있습니다.

그 남자 분의 행동이나, 모습, 반응들이 님께서 오해할만한 소지의 문제를 보인 것이 사실이긴 하지만 군대간 남자 분의 성격문제를 따지기 전에 거의 3년이라는 기간을 짝사랑해 오셨는데, 너무 한 이성에게만 집착하는 그런 태도를 바꾸시는 것이 선행되었으면 합니다.

님께서 좋아하고 짝사랑 했던 사람은 군대 간 그 남자 선배분이 아닌 선배의 모습을 한 님의 마음속에서 만들어낸 또 다른 이성일지도 모르니까요.

-러브 바이러스 올림-

모든 대답을 다 아는 것보다는 거기에 또 다른 질문을 가지는 것이 더 낫다. -제임스 터버

# 그럴 수 있을까요 　　　　꼬맹이

　10년이란 나이 차로 고생했던 사람입니다...
　그는 절 사랑했었습니다. 많이도 좋아했었습
니다. 　　술만 마시면 용기를 얻어 전화해 보
고싶다 말하고... 어떤 날은 시속 140으로 1시
간 거리를 달려와 집 앞에서 키스하고... 그러
나 그놈의 현실이란 게 뭔지...

　너는 이제 피는 꽃이고, 나는 지는 꽃에 불
과하다. 니가 너무 아깝다. 난 널 정말 좋아하
고 사랑하지만, 너에게 느끼는 사랑이란 감정
은 지금까지 내가 느껴왔던 사랑이랑은 다른
거다... 너희 부모님이 날 싫어하지 않겠냐...

　니 갈길 가라... 난 플레이보이에 나쁜 놈이
다... 난 맘만 먹으면 너 잊고 다른 후배들 대
하듯 똑같이 대할 수 있다... 라고 말하며 예전
처럼 선후배로 지낼 것을 술 취해서 말했고...

　그 다음날은 자신이 했던 말 다 잊고 또다
시 나의 손을 잡고... 그의 전화는 예전처럼 매
일매일 계속되고...

저도 그를 미칠 듯 사랑했지만, 힘들고 지쳐 지금은 포기하려고 합니다.

그러나, 가슴은 머리를 따라가 주질 못합니다. 꿈속에서도 매일 그가 나타나고...

이런 바보 같은 저를 주체할 수가 없습니다.

누가 그랬나요. 세월이 지나고 다른 사람 만나면 잊게 될거라구...

지극히도 잘 해주는- 그처럼 나이 많지도 않고, 키도 184, 지금까지 여자들의 대시 다 마다한 오빠가 저에게 무지 정성을 쏟고 있지만... 미안하게도 선배로 인한 상처 때문에 그 오빠에게도 그 상처를 전염시키고야 말았습니다.

이젠 진심으로 저에게 다가오는 사랑마저 받아들일 수 없을 만큼 지쳐버린 제 자신에게 눈물만 나오네요. 순수하고 진실 되고 성실하고... 정말 좋은 오빠인데...

그렇게 가슴 아픈 사랑 한번 해봤으니, 이젠 진정한 사랑이라는 감정이 어떤 건지 알기 때문이겠죠...

너무나 헌신적인 오빠에게 왜 자꾸 제 감정을... 선배에 대한 사랑을 기준으로 재어 보는 걸까요...

그렇게 괜찮은 사람도 마다했으니, 더 좋은 사람을 사랑할 수 있을까요??

그냥... '내 인생에 이젠 사랑이란 없다. 그냥 내 일만 열심히 하기다...'라고 마음먹고 마음의 문 꼭꼭꼭 닫아 버릴랍니다.

그런데 저도 선배처럼 마음먹은 대로 잊을 수 있을까요...?

🙂 악마정재

잊긴 뭘 잊어!! 세상 남자들 다 늑대고 도둑놈인 거 몰라! 당신도 사랑을 가장해서 선배한테 당했던 배신 그 오빠한테 그대로 복수 해버려. 나중에 또 차이고 나서 후회하지 말고... 그리고 앞으로 다신 사랑 같은 거 하지마. 괜히 상처 입고 후회하지 말고... 알았지?

☺ 천사정재

　전요, 그냥... 그 선배 잊었으면 좋겠어요...

　없어졌다고... 그냥 그렇게... 내가 가질 수 없는 인연이어서 누군가에게 떠나보냈다고 생각했으면 좋겠어요...

　대신... 님이 그 선배를 사랑했던 것만큼 님으로 인해 고통받고 있는 오빠란 분을 더 사랑해 줬으면 해요...

　그게 이쁜 사랑이 아닐까요^^

미모의 아름다움은 눈만을 즐겁게 하나 상냥한 태도는 영혼을 매료시킨다. - 볼테르

## 그것만은

뭐 먹을래
-아무거나
우리 어디로 놀러 갈래?
-아무 곳이나
우리 언제 결혼할까?
-아무 때나
늘 그렇게 무심하게 말하던 그 사람
어느 날 내가 장난으로
"우리 이제 그만 만나자"고 하자
"맘대로 해"그럴 줄 알았더니
눈물 글썽이며 그러더군요.
-나 너 아니면 안 돼.

# 이별하던 날

우산 밑에서 고등어를 굽던 나
흐르는 눈물로 간을 맞추고 있다

나 자신을 주는 것이 좋은 이유는 그럼으로써 얻는 것보다 크기
때문이다. -오리슨 스웨트 마든

# 은빛추억

그대와의 은빛추억
남몰래 묻은 자리
너무도 궁금하여
수시로 헤쳐 보니
추억은 아픈 건가요?
후끈대는 이 가슴

---

고통을 겪고 나면 인생과 친구와 자신을 재발견하는 행복이 다가
온다. -해럴드 블룸필드

# 궁금해

난 너 하나도 벅찬데
어떻게 그 작은 가슴으로
세상을 다 품을 수 있니

중요한 것은 자신이 지금 바라던 사람이 되어 가고 있다고 믿는
것이다.  - 데이비드 비스콧

# 커피 마시다가

그대 생각했다
나 보다 커피를
더 좋아하던 그대
펜 끝에
커피를 찍어
그대 이름 석 자
적어본다.

행복은 행복을 가져오고 사랑은 사랑을 가져오며 베푸는 삶은 만
족을 가져온다. - 아만다 브래들리

# 잠들기 전

일기장에
그대 이름 적는 대신
<미운사람>이라 적었더니
밤새 하얀 소복에
칼 입에 물고
날 쫓아다니던 그대
그 모습도 사랑스러워
꼬~옥 안아버렸네

우리는 위대한 일을 할 수 없다. 다만 위대한 사랑으로 작은 일만
을 할 수 있을 뿐이다.  - 테레사 수녀

# 여자와 남자

여자는요
사랑을 할 때
자신이 가진 모든 것을 다준대요
그리고 헤어질 땐
그 모든 것을
다 가지고 떠난대요
하지만 남자는요
사랑 할 때
자신이 가진 절반만 준대요
그리고 헤어질 땐
그 절반은 남겨두고 떠난대요
그래서 그런가 봐요
아직도 다주지 못한
사랑의 미련이 남아
자꾸만 그대 생각나는 걸 보니

# 그랬더니

노을 지는 언덕에서
그대사랑과 만났더니
고백도 하기 전에
얼굴이 붉어지고

강가에서
그대사랑과 만났더니
입을 열기도 전에
모든 것이 흘러가 버리네요

아무리 작은 선물이라도 애정이 담기면 큰 선물이 된다.   – 핀다

# 너를 잊기 위하여

너의 매력을
깎아 내리고
너의 착한 마음에
독을 풀었다
아, 그래도 너는
여전히 사랑스러워

우리의 현재 위치가 소중한 것이 아니라 우리가 가고자 하는 방향
이 소중한 것이다.  - 홈즈

# 그대바라기

1.
많이 힘들었을지 몰라요.
그냥 그렇게 슬퍼했을지 몰라요.
하지만 난 오늘 기억해요.
그 사람의 모습을
언제나 환하게 웃어준 그대를
말 한마디 못해봤지만
그래도 마냥 좋아했던 나
사실은 많이 힘들었고 괴로웠어요.
그래서 밤마다 울었고
한없이 그 사람이 미웠던 것 같아요.
근데 어쩔 수 없나 봐요.
내가 그 사람 미워하기엔
그 사람 너무나 내게 소중했기에
도저히 미워할 수 없었어요.

2.
날 좋아해 달라 말하고 싶지만
용기가 없는 걸까요.

아니 두려운 걸까요.
겁이 나는 걸까요.
그래요, 난 항상 그래요.
말도 못하고 멀리서
지켜보기만 할뿐
서로 아껴주고, 보듬어주는,
마주보는 사랑은 아직 못해봤으니까.
그래도 내 첫사랑인걸요.
너무 힘들고, 괴롭고, 지쳤지만
한번 참아볼래요.
언제까지나 기다릴 수는 없겠지만
내가 할 수 있는
내가 그 사람 사랑할 수 있을 때까지는
그대바라기 되어 기다려 볼래요.


3.
괜찮아요.
나 그래도 강하니까.
하지만 내가 아무리 힘들다 해도
그 사람이 부담스러워하는 건 싫어요.

고슴도치의 사랑처럼
다가가면 가시에 찔려
내 몸 망가지고 부서져
나 혼자 아파하는 건 괜찮지만
그 사람한테 피해 가는 일은 하기 싫어요.
난 말이에요.
진짜로 그 사람이 너무나 좋아요.
첫눈에 반했으니까요.
내가 처음으로 한 사랑이고
그것도 첫눈에 반한 사랑이기에
더욱더 소중히 여기고 싶은 거예요.
아직은 그 사람
이런 내 맘 눈치 채지 못하네요.
조금만 알아주면 좋을 텐데
아니에요.
그냥 나 그런 거 안 바랄게요.
그냥 항상 내 가까이에 있지 않아도 되니까.
내가 보이는 곳에만 있어줬으면 해요.
그 사람 내 옆에 있어줬음 좋겠지만
나 욕심 부리지 않을래요.

4.
언젠가는 알겠죠.
내 진실한 마음을
그때 되면 나한테 말해줄래요.
고맙다고...
나 이한마디만 들어봤으면 좋겠는데
내가 그댈 좋아하는 일이
그대에겐 고마운 일이 되었으면 하거든요.
알겠죠, 지켜줄 거죠?
부탁해요.
그래도 말이에요.
이제 나 좀 그만 울리세요.
나는 그대가 너무 좋지만
그대 옆엔 항상 다른 사람이 서있네요.
그게 날 더 울리는 일이에요.
나 안 좋아해도 되니까
그냥 나 슬프게만 하지 말아줘요.

감사해요, 정말 고마워요.
나의 이렇게나 힘든 사랑의 상대가 그대여서
나 그대가 아니었으면 못 견뎠을 거예요.
그리고 사랑해요.
거세고 끝없는 슬픔의 파도가 나를 덮치고
세상의 모든 이가 나를 비웃을 지라도
변함없이 그대를...

희생이 없으면 그건 사랑이 아니다.  - 스코트 M. 스탠리

## 많이 궁금해

예전에 우리...
밤늦게까지 같이 있다가도
헤어질 시간 다가오면 아쉬워
괜히 공원 몇 바퀴 더 돌고...
자판기 커피 몇 잔 더 마시고...
그러다 마지막버스 놓치면...
두 손 꼭 붙잡고...
당신 집까지 바래다주고...
그래도 헤어지기 싫어
당신 집 앞에 있는
가로등에 기대어 서서
밤하늘별을 세고 또 세고
그랬었는데...
하~ 그땐 무슨 할 말이
그리도 많았던지...
하~ 그땐 시간이 또
왜 그리도 빨리 가던지...

중국집에서 자장면과

짬뽕 하나씩 시켜
서로 나눠 먹기도 하고...
일주일에 한 번씩
공 테이프에 사랑고백을 담아서
바꿔 듣기도 하고...
가끔은 짓궂은 장난과 이벤트로
서로를 많이 놀래켜 주기도 하고...

그렇게...
그렇게...
서로를 사랑하고...
아끼며...
친구들의 부러움을 독차지했었는데...
지금은...
사소한 오해로
서로 다른 길을 가고 있으니...

이렇게 비가 내리는 날이면
난 당신과 카페에서 들었던

그 노래들이 다시 듣고 싶어져.
내가 너무나도 사랑했기에...
내가 사랑할 수밖에
없었던 사람이기에...

당신이 전에 그랬었지.
나 아니면 당신은
세상 어디가도
반쪽짜리 인생이라고...

궁금하다...
당신 지금 누구의
반쪽이 되어 있을까...
난 지금도 당신 생각하면
기분이 이렇게 멍한데
당신은 내가 누군지
기억이나 하고 있을까?

## 당신 곁엔 항상

오늘밤 내내 당신 울겠지요... 나 또한...
날이 새오지만 내 마음엔 짙은 안개와 어둠뿐...
당신의 모습은 그 안개 너머...
어둠의 너머에 있어 보이지 않아요....
당신 아직 내 곁에 있는데...
당신의 마음은 내 곁에 없어요....
지금 내 앞에 있는 것은
지치고 상처 입은 당신의 몸뿐...
당신은 너무나도 먼 곳에 있어요..
하지만 그럴수록 더욱더
당신에게로 가까이 가야한다는 생각뿐인데....
내가 한 걸음 다가서면
당신은 저만치 멀어져 가고...
그런 힘겨운 숨바꼭질 계속하지만...
그래도 당신 사랑해요.
알고 있어요...
당신이 영원히 나의 사람이 될 수 없음을...
당신으로 인해 많이 힘들어 할 것임을...
나의 사랑이 당신에게 기쁨이 아닌
고통과 슬픔만 주었다는 것도...

하지만... 그렇다 하더라도...
당신 사랑하는 내 맘... 말리고 싶진 않아요...
당신 향한 내 맘... 내 모습....
감추려고 애를 쓰지만.....
어느새 모두에게 들켜 버렸는걸요....
그 맘 돌려버리기엔 이미 늦어 버렸는걸요...

그래도... 그래도 말이에요....
나... 이제 당신을 보내려 해요...
그게 당신을 위한 일이라면....
당신이 덜 힘들어하는 일이라면........
난 아무래도 괜찮아요..
당신 행복하게 하는 일이라면....
목숨을 버리는 일도 두렵지 않은 걸요.....
당신 사랑해요...
잠시동안의 시간이었지만 당신 만나서
나 참 많이 행복했어요...
잊지 못할 거예요...
이제 우리 서로의 얼굴을 볼 수 없지만...

손을 맞잡으며 걸을 수도 없겠지만....
날 아끼고 사랑해준 당신과의 기억만으로도
나 충분히 잘 견뎌낼 수 있어요...

당신.... 내가 불쌍하다고 자꾸 울지만...
난... 그런 당신이 더 아파 보여요....
대신.... 당신... 그 동안 더 이상은 아파하면 안
돼요
바보처럼 자꾸 눈물 흘리면 안 돼요
오랜 세월 흘러....
내가 당신 앞에 나타났을 때...
변한 날 보고 많이 놀래고....
흐뭇해하도록 알뜰하게 살아갈게요....
그러니... 내 걱정하지 말고....
당신.... 부디... 편히 가요.......
그리고 기억해요....
당신 곁엔 항상 내 영혼이 있다는 걸....

## 소원 한 가지

멀어지기 시작한지....
어느새 3개월이 다 되어 가고 있어요.
용기요... 내면 뭐해요...
지금 제가 당신한테 애기하면...
당신에게 가지 말라고 애원한다고...
달라지는 것은 아무 것도 없는 걸요...
지금 제가 그럴 수 있다면,
아마... 그 때 벌써 잡았을 거예요...
떠나는 당신 잡지 않으려 해요
당신을 사랑하는 지금의 내 맘....
표현하지도... 보여주지도 않으려 해요
그래서... 당신이 이렇게 내 맘속에....
그 때 모습 그대로 살아 있고...
또 가끔.... 위로도 되어주고.....
힘들 때 이름 부를 수 있는 사람이
되어 줄 수 있을 수 있는 거라고 생각하죠...
정말 아마... 그 때 애기를 했었다면...
사랑하는 내 맘 다 보여줬으면...
지금 내가 이렇게 당신한테

고마워하지 않을지도 몰라요...
하지만... 가끔은 얘기도 하고 싶어요....
그렇게... 이렇게 항상 생각하며
살아가고 있다고....
그래서.... 내 소원이 한 가지 있다면....
그건... 언제가 될 진 모르지만...
세상을 등지기 전에... 한 번만...
사랑했었다고... 말하고 싶었다고요.....
내가 당신을 많이 사랑했었다고 말이에요.

사람이 늙어가는 것이 아니라 좋은 포도주처럼 세월이 가면 익어
가는 것이다. - S.필립스

# 미운 그녀

한 여자를 알게 되었어요.
어느 추운 겨울날에...
처음엔 그냥 관심도 없고
그녀에게 아무런 감정도 없었죠.

무척 외로웠었나 봐요.
너무 외로울 때
그녀가 제게 와서
그냥 건네는 말들이 좋았어요.
그때부터 그녀에게 호감이 생기고
시간이 갈수록 사랑이란
감정이 생기더군요.

그녀의 손도 잡아보고 싶고
그녀를 위해
선물 같은 것도 하고 싶고
가끔은 사랑한다 말도
하고 싶은데...

그녀는 매번
그런 절 외면했어요.
이유라도 알려주면 좋으련만
그녀는 늘 만남 이전의 시간으로
되돌아가려고만 했어요.

혼자만의 가슴앓이가
시작 된 거지요..
밤마다 혼자만의 사랑에 지쳐
울기도 참 많이 울었어요.

그러던 어느 날...
하루는 용기내서
그녀의 손을 잡았어요.
키스도 했죠.

그런데 어째서
달콤함이나 행복함보다
마지막이란 단어가
불쑥 떠오르는 걸까요.

그로부터 얼마 후
그녀가 제게 이별선언을 하더군요.
조금은 예견했었지만...
그녀 입에서 막상
헤어지자는 말이 나오자
눈물이 핑그르르 돌더군요.

그리고...
그것으로 끝이었어요.
바보처럼 떼 한번 못 쓰고
그녀를 그렇게
순순히 놓아주었지요.

전 가진 게 없거든요.
가난해서 그녀를 위해 해줄 것이
아무 것도 없거든요.
친구 녀석이 그러더군요.
세상에서 사랑보다 더 중요한 건
조건이라고...
비슷한 조건...

그래서 그녀를 보내 줬어요.
깨끗이 잊어주겠다고
약속도 했지요.
그런데...
그게...
그게 잘 안 되는 거예요.

여전히 그녀를 잊지 못하고...
밤마다 부운 눈을 감고 잠들고...
그냥 끊기는 전화가 오면
'혹시 그녀가 아닐까?'하고
그녀 닮은 여자만 지나가면
고개 한 번 더 돌리고...
그녀가 즐겨 듣던 노래만 나와도
하루가 엉망이 되고...

하루는 어느 늦은 저녁
그녀가 너무 보고 싶어서
그녀 집을 찾아갔어요.

승용차 안에서
어떤 남자와 포옹도 하고...
키스도 하고...
참... 행복해 보였어요.

그녀가 곧 결혼한다는
소문이 사실이더군요.
눈앞이 깜깜해졌어요.

그럼 나는 뭐지...
그녀에게 지금껏 나는...

지금도 가끔은 그녀가
제 꿈속에 나타나요.
날 좋아한다고...
날 사랑한다고...
환하게 웃으며 속삭여 줘요.
하지만 이제 내가
그녈 외면해요.

외로운 건 싫지만
버림받는 건 더 싫거든요.
다신 버림받고 싶지 않거든요...

가슴 깊은 곳의 순수한 소망은 언제나 이루어진다. - 간디

# 다행이야

천개가 넘게 쏜
인연의 화살 중에
겨우 한 개만 맞았는데
그게 너여서

"단 한 번의 인생"이니까 함부로 산다는 것은 말이 안 되는 변명.
—빌 코플랜드

## 알아

좋아하는 사람에게
손 내미는 것은
그것이 인연으로
이어졌으면 하는
바람 때문이야

사랑하는 연인들끼리
손잡는 것은
그 인연이 영원으로
이어졌으면 하는
바람 때문이고
그리고 헤어질 때
손 내미는 것은
그동안 함께했던 인연을
서로에게 되돌려주기 위함이지

# 천년후애

J야.
그때까지 정말 몰랐어.
네가 날 좋아하고 있었다는 사실을...
친구를 통해 그 사실을 알고
네게 달려가 마구 화를 냈었지.
너무나 매몰차게...

넌 내 이상형이 아니었거든.
너무 가난하고 착하기만 했지.
신데렐라 같은 사랑을 꿈꾸던
내가 원하는 그 어떠한 조건,
돈과 명예
가문과 체면
학벌과 인물
그 어떤 것도
갖춘 것이 없었어.

J야.
네게 참
못되게 굴었던 거 같아.

하지만 넌 그 어떤
수모에도 아랑곳없이
늘 한결 같은 눈빛으로
날 지켜봐 줬지.

거의 매일이다시피
선물을 주었고
시험 예상문제를 뽑아다
주기도 하고
도서관 자리를 대신 잡아
주기도 하고
내가 좋아하는 김밥과
샌드위치를 직접 만들어
지극 정성으로
갖다 바치곤 했었지.

J야.
하지만 난,
네가 해바라기처럼

나만 바라보고
있다는 것을 잘 알면서
너무나 오만하게
가볍게
넘겨버리고 말았어.

J야.
너의 졸업
군 입대
넌 삼 년 동안
단 하루도 빠짐없이
날 위한 詩를 써서
보내 주었었지.
싫지는 않았지만
마음이 좀 그랬어
네게로 가는 날
인정하기가 싫었었나 봐.

J야.

군 제대를 얼마 앞두고
네게서 詩가 아닌
한 통의 짧은 편지가 왔었지.
나의 진심을 마지막으로
확인하고 싶다고...
그리고 마음을 접겠다고...

J야.
부대로 들어가던 날.
한 숨도 못 자고
밤새 술만 비웠을,
그래서 두 눈이 붉게 충혈 된
널 보며
내가 했던 말 기억 나.

"이제 그만 해,
네가 불쌍해 죽겠어."

해장국을 앞에 둔 채

계속해서 줄담배만 피워대던 넌
아무 말 없이
화장실 쪽으로 걸어갔시.
울었나 보더라.
그 짧은 시간에
많이도 울었었나 보더라.
아무렇지 않은 척 웃고 있는데
옷소매가 많이 젖어있었어.

J야.
그 이후로
다신 널 볼 수 없었지.
그 누구도 지금까지
너의 소식을,
모습을 본이가 없었어.
이제야 조금 알 수 있을 거 같아.
너의 그 진실 되고
아련한 아픔들을...

J야.
앞으로 천 년 후쯤엔
너가 날 많이 아프게 해.
벌은 내가 받을 게.
내가 널 그동안
아프게 했던 것만큼.
그땐 너만 행복하면 돼.
난 불행해져도 상관없어.

천년 후에는
내 몸
내 사랑
내 마음
다 니거니까...

내 반쪽이 아니라 전부가 되어줄래
"사랑해"

| | |
|---|---|
| 인쇄일 | 2022년 9월 2일 |
| 발행일 | 2022년 9월 7일 |
| 저 자 | 최정재 |
| 발행처 | 뱅크북 |
| 신고번호 | 제2017-000055호 |
| 주 소 | 서울시 금천구 가산동 시흥대로 104다길 2 |
| 전 화 | (02) 866-9410 |
| 팩 스 | (02) 855-9411 |
| 이메일 | san2315@naver.com |